Anita Gewald · Stephan Krebs

Kostbare Zeit

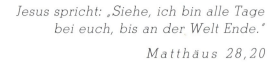

Gebet

Jesus spricht: „Siehe, ich bin alle Tage bei euch, bis an der Welt Ende."

Matthäus 28,20

Ewiger Gott,
ich bitte dich nicht um
endlos lange Tage.
Ich würde sie nicht aushalten.
Ich bitte dich auch nicht darum,
dass du mich vom Zahn
der Zeit verschonst.
Ich würde albern aussehen.
Ich bitte dich aber darum,
dass meine Tage erfüllt sind.
Erfüllt mit glücklichem Tun,
erfüllt mit gemeinsamen Stunden
im Kreis meiner Lieben, erfüllt
mit einem Sinn. **Amen.**

Rhythmen der Natur

Solange die Erde steht, sollen Saat und Ernte, Frost und Hitze, Sommer und Winter, Tag und Nacht niemals aufhören.

1. Mose 8,22

Die Erde schwebt durch ein unermessliches All. Hinter jeder scheinbaren Grenze öffnet sich eine neue Weite in Raum und Zeit. Verlässlich ist nur das Kreisen der Erde um sich selbst und um die Sonne. Daraus ergeben sich Sommer und Winter, Tag und Nacht. Darin findet das Leben seinen Rhythmus zwischen Wachstum und Ruhe, Arbeit und Schlaf, Alltag und Festtag.

Gemessene Zeit

Zeit ist nur dadurch, dass etwas geschieht,
und nur dort, wo etwas geschieht.

Ernst Bloch

Zeit lässt sich messen, sie ist eine physikalische Größe. Uhrwerke gibt es schon seit vielen Jahrhunderten, doch erst vor 400 Jahren wurde die genaue Länge einer Stunde festgelegt. Heute gibt das Cäsiumatom den Takt vor. Es schwingt 9.192.630.770-mal, dann ist eine Sekunde vorbei. Damit lassen sich auch Tausendstel von Sekunden bestimmen, die exakt Sportler in Gewinner und Verlierer unterteilen. Stechuhren trennen die Stunden sekundengenau in Arbeits- und Freizeit auf. Allgegenwärtige Uhren ermöglichen und beherrschen die Zeitpläne.

Sternstunden

*Komme, was kommen mag,
Stunde und Zeit fliegt auch am rauesten Tag.*

William Shakespeare

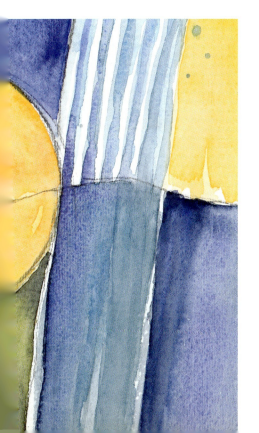

Auf der Uhr mag jede Sekunde gleich lang sein. Im Leben ist das anders. In Stressphasen rast die Zeit dahin wie ein wilder Strom. In Sternstunden oder wenn man wartet, dehnt sie sich scheinbar endlos aus. Glücksmomente lassen die Zeit gleich ganz vergessen und die Erinnerung verteilt die Zeit noch einmal völlig neu. Da wird manche bange Stunde zu einem Wimpernschlag der Geschichte.

Gottes Stunde Null

*Gott liebt diese Welt, ihre Dunkelheiten
hat er selbst erhellt. Im Zenit der Zeiten kam
sein Sohn zur Welt.*

EG 409,4

Mitten in die endlosen Kreisläufe der Natur
hat Gott mit der Geburt von Jesus Christus
eine Stunde Null gesetzt. Sie ist in der westlichen
Zeitrechnung der Bezugspunkt für die
Geschichte. Jeder Einzelne bezieht darauf seine
Lebensdaten. Die Stunde Null bettet die
Schöpfung in Gottes Heilsgeschichte ein.
So gibt sie dem endlosen Kreisen ein Ziel.

Gefühlte Zeit

Keine Zeit ist mit der Zeit zufrieden; die Jungen halten die künftige für besser als die gegenwärtige, die Alten die vergangene.

Jean Paul

Jeder Mensch trägt in sich eine innere Uhr mit einem eigenen Takt. Und der verändert sich mit dem Alter.

Unüberschaubar lang wirkt ein Nachmittag in der Kindheit. Später beginnt die Zeit zu eilen. Im Alter scheint sie dahinzujagen – und gleichzeitig auch stillzustehen.

Lebenssatt am Ende der Zeit

Das Jahr kennt seinen letzten Tag, der Mensch nicht.
Martin Luther

Jedes Leben hat Anfang und Ende. Diese Erkenntnis erschreckt zutiefst. Man möchte ihr den Traum von der Unsterblichkeit entgegensetzen. Aber Körper und Geist werden alt und lebenssatt. Endlose Tage, eine ewige Kette von Jahren? Das klingt nur kurz verlockend, denn es übersteigt die Vorstellungskraft.

Kostbare Zeit

Jeden Abend sind wir um einen Tag ärmer.
Arthur Schopenhauer

Das Leben ist wertvoll,
gerade weil es Anfang und Ende hat.
Deshalb drängt die Frage, was in der Zeit
geschehen soll. Was will ich
in meinem Leben unbedingt erreichen
und erleben? Offenbar sehr viel, denn viele
Menschen spüren einen enormen Erlebnishunger in
sich. Er treibt sie von Termin zu Termin,
von Reise zu Reise, von Beziehung zu Beziehung
und die Karriereleiter empor.

Einzigartiges Leben

Wir haben genug Zeit, wenn wir sie nur richtig verwenden.
Johann Wolfgang von Goethe

Die Zeit ist für das Leben wie die Leinwand
für einen Maler. Sie ist der Untergrund,
auf dem das Leben entsteht. Erst Pinsel und Farben
ergeben das Bild, hinter dem die Leinwand
immer mehr zurücktritt. Welches Bild soll auf
der Leinwand entstehen? Viele wollen ein
einzigartiges, ein großartiges Kunstwerk, ein Bild,
dem nichts fehlt. Aber wie?

Die Fabel vom Schmetterling, der die Zeit füllen wollte

Der Mensch besitzt nichts Wertvolleres als seine Zeit.
Ludwig van Beethoven

Als sich der kleine Schmetterling aus seinem Kokon geschält hatte, reckte er seine Flügel. Mit ein paar Schlägen erhob er sich in die Luft. Er spürte den Wind, sah den blauen Himmel und das weite Land. Eine nie gekannte Freude erfüllte ihn. Als er auf den Boden zurückkehrte, entdeckte er seinen alten Raupenkokon – Überrest einer vergangenen Zeit. Der Schmetterling spürte in sich das Glück des neuen Lebens und er sah das Ende des alten vor sich liegen. Sorge und Aufregung erfüllten ihn. „Was soll ich mit meiner neuen Zeit tun, bevor auch sie abläuft?", fragte er sich.

Neben dem Schmetterling summte eine Biene rastlos von Blüte zu Blüte. Die fragte der Schmetterling. Was tust du mit deiner Zeit? „Ich sammle köstlichen Blütenstaub – so viel wie möglich. Ich kann gar nicht genug davon kriegen, für meinen süßen Honig. „Entschuldige mich, ich muss weiter – die Zeit drängt."

*Man kann nicht jeden Tag
etwas Großes tun,
aber gewiss etwas Gutes.*
Friedrich Schleiermacher

Der Schmetterling flog davon und kam zu einem Biber, der gerade einen Damm aus Ästen und Zweigen baute und damit einen kleinen Bach zu einem mächtigen Stausee erweiterte. "Was tust du mit deiner Zeit?", fragte ihn der Schmetterling. Der Biber schaute auf und erläuterte dann ergriffen: „Sieh´ hier, ein großer Staudamm entsteht. Er wird mich und die Zeiten überdauern." Sogleich vertiefte er sich wieder in seine Arbeit.

Fessle durch Taten die jagende Zeit!
Schmiede den Tag an die Ewigkeit.
Julius Lohmeyer

Der Schmetterling entdeckte eine Schnecke, die gemächlich ihres Weges zog. Die fragte er nach der Zeit. Die Schnecke ließ ihre Fühler ein wenig wackeln und sagte bedächtig. „Ich nehme die Zeit genau unter die Lupe. In der Ruhe liegt die Kraft. Je langsamer ich bin, desto intensiver spüre ich mich."

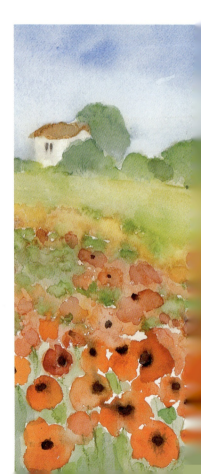

*Das meiste haben wir gewöhnlich
in der Zeit getan, in der wir meinten,
nichts getan zu haben.*

Marie Freifrau
von Ebner-Eschenbach

Eine Mohnblume mischte sich ein: „Für mich sind längst nicht alle Momente gleich. Ich lebe für den richtigen Augenblick. Wenn meine Zeit gekommen ist, dann blühe ich, dann verschwende ich mich im herrlichsten Rot der Welt! Meine Zeit ist kurz, aber ein Rausch der Sinne."

Dies ist der Tag, den der Herr macht.
Lasst uns freuen und fröhlich an ihm sein.

Psalm 118,24

*Denke immer daran, dass es nur eine wichtigste Zeit gibt:
Heute. Hier. Jetzt.*

Leo Tolstoi

Eine Eidechse machte es sich auf einem Stein bequem und ließ sich von der Sonne wärmen. Der Schmetterling fragte auch sie nach der Zeit.
Die Eidechse sagte mit genießerischem Seufzen: „Frag´ nicht so viel. Du verschwendest deine Zeit mit Grübeln und Unruhe. Genieß´ lieber die Sonne. Wer weiß, wie lange sie noch scheint. Nimm dir einfach die Zeit, hier und jetzt zu genießen."

*Um Kinder zu erziehen, muss man verstehen,
Zeit zu verlieren, um Zeit zu gewinnen.*

Friedrich von Schiller

Der Schmetterling traf eine Schwalbe, die rastlos ihre Kreise durch die Lüfte zog und Futter jagte. Während sie vier hungrige Schnäbel damit fütterte, fragte der Schmetterling nach der Zeit. Die Schwalbe blickte auf ihre Jungen und erwiderte: „Die ist für meine Brut bestimmt. So wie einst ich gefüttert worden bin, so füttere ich nun meine Kleinen. Schöner kann man seine Zeit gar nicht verbringen als sie für die Zukunft zu verschenken." Dann schreckte sie auf: „Wie die Zeit vergeht! Ich muss los, es wird bald dunkel."

Der Schmetterling sah eine Katze um die Häusermauern streifen und fragte sie. Die Katze grinste breit und leckte sich das Maul. „Meine Zeit bestimme ich. Ich jage, wenn ich jagen will. Ich schlafe, wenn ich schlafen will. Ich lasse mich streicheln, wenn ich das will. Niemand bestimmt über mich. Das nenne ich: Zeitlos glücklich."

*Wer sich keine Zeit nimmt,
wird nie welche haben.*

Leo Tolstoi

Hinter der Katze huschte flink eine Maus davon. Der Schmetterling folgte ihr in ein großes Haus. In einem dunklen Winkel blieb die Maus hocken. Da sprach sie der Schmetterling an. Die Maus flüsterte: „Jeder Tag kann mein letzter sein. Und was kommt dann? Hinter meiner kleinen Mäusezeit steckt noch eine andere Zeit, Gottes Ewigkeit. Dafür lebe ich jetzt schon."

*Herr, lehre mich doch,
dass es ein Ende mit mir haben muss
und mein Leben ein Ziel hat
und ich davon muss.*

Psalm 39,5.6

Der Schmetterling war verwirrt. So viele verschiedene Antworten auf die Frage nach der Zeit! Welche war richtig? „Keine und alle", wandte die Maus ein, „denn jedes Leben ist verschieden, so wie jede Stunde einzigartig ist. Die Antwort auf deine Lebenszeit wird mit der Zeit in dir selber reifen. Kommt Zeit, kommt Rat."

Trachtet zuerst nach dem Reich Gottes und nach seiner Gerechtigkeit, so wird euch das alles zufallen. Darum sorgt nicht für morgen, denn der morgige Tag wird für sich selbst sorgen. Es ist genug, dass jeder Tag seine eigene Plage hat.

Matthäus 6,33.34

Gebet

*Verbringe die Zeit nicht mit der Suche
nach einem Hindernis. Vielleicht ist keines da.*

Franz Kafka

Ewiger Gott,

ich nenne dich ewig, dabei kann ich gar nicht ermessen, was ewig ist. Denn ich vermag nur in Sekunden und Jahrzehnten zu denken. Ich habe Angst vor dem Tod und könnte doch gar nicht ewig leben.

Ewiger Gott,

ich will das Leben hüten wie einen Schatz, den du mir anvertraut hast. Zu deiner Ehre will ich es gestalten wie ein schönes Bild. Am Ende will ich es getrost aus der Hand geben und den großen Schritt in deine Ewigkeit gehen. Schenke mir dazu Kraft und Fantasie, Gelassenheit und Gottvertrauen.

Amen.

Totgeschlagene Zeit

Der Tag ist grenzenlos lang, wer ihn nur zu schätzen und zu nützen weiß!

Johann Wolfgang von Goethe

Schüler sehnen am Morgen die letzte Stunde herbei. Berufstätige sehnen den Feierabend herbei. Zusammen sehnen sie das Wochenende herbei. Alle sehnen die Ferien und den Urlaub herbei. So viele sehnen sich danach, dass die Zeit schnell vergeht. Und dann beklagen sie sich, dass die Zeit so schnell vergangen ist. Wenn so viel Zeit totgeschlagen wird, ist es höchste Zeit, etwas zu verändern.

Beschleunigte Zeit

Dem Geduldigen laufen die Dinge zu, dem Eiligen laufen sie davon.

Sprichwort aus Indien

Termindruck und Eile
sind für viele Menschen
längst der tägliche
Normalfall geworden.
Für manche sind sie
sogar ein Lebenselixier.
Im Rausch der Termine
spüren sie ihre
Bedeutung.
Doch den Sinn
seines Lebens
muss man nicht
hektisch suchen.
Er holt einen ein.

Heilsame Zeit

*Die Zeit mag Wunden heilen,
aber sie ist eine miserable Kosmetikerin.*

Mark Twain

Die Zeit heilt alle Wunden. Nicht ganz.
Aber sie gewährt dem Zorn und
der Trauer den nötigen Raum. Sie gibt der Seele
die Gelegenheit, sich zu heilen.

„Ein Jegliches hat seine Zeit, und hat seine Stunde:
geboren werden und sterben, weinen und lachen,
klagen und tanzen, suchen und verlieren, behalten und
wegwerfen, schweigen und reden, lieben und hassen,
Streit und Friede. All das hat seine Zeit."

Nach Prediger 3,1-8

Glücksmomente

*Monde und Jahre vergehen,
aber ein schöner Moment leuchtet das Leben hindurch.*

Franz Grillparzer

„Mach es wie die Sonnenuhr,
zähl die heit'ren Stunden nur."
Wer diesen Rat aus vielen Poesiealben befolgt,
muss sein halbes Leben ungezählt lassen.
Wie schade! Der Baum macht es besser.
An Sonnentagen wächst er schnell.
In der kalten Zeit wächst er fast nicht
und festigt sich. So entsteht in seinen
Jahresringen ein Lebensprofil, das alle Zeiten,
die fetten und die mageren Jahre widerspiegelt.

Segen für alle Zeiten

Vertraut den neuen Wegen und wandert in die Zeit.
Gott will, dass ihr ein Segen für seine Erde seid.
Der uns in frühen Zeiten das Leben eingehaucht,
der wird uns dahin leiten, wo er uns will und braucht.

EG 395,2

Der ewige Gott sei bei dir in guten
und in schlechten Zeiten.
Er schenke dir Glücksmomente,
in denen du die Zeit vergisst.
Großzügigkeit, mit der du Zeit verschenkst.
Gespür für die richtigen Augenblicke im Leben.
So umhülle Gott – Vater, Sohn und Heiliger Geist –
deine Zeit mit seiner Ewigkeit.

Anita Gewald, geboren in Neuss am Rhein, begann Anfang der 1990er Jahre ihre künstlerische Entwicklung als Malerin. Seit 1997 ist Anita Gewald freiberuflich als Malerin tätig. Daneben unterrichtet sie seit 1998 als Dozentin an der Volkshochschule Ulm für Malerei, illustriert Bücher, gestaltet Karten und Kalender.

Stephan Krebs, geboren in Wiesbaden, war Gemeindepfarrer in Egelsbach/Südhessen, später Referent für Gottesdienstübertragungen im ZDF. Seit 2000 ist er Pressesprecher der Evangelischen Kirche in Hessen und Nassau. Er ist Autor von Tonbildreihen sowie von Verkündigungssendungen im Hessischen Rundfunk und im Deutschlandfunk.

Stephan Krebs

Kostbare Zeit

Bestell-Nr. 983
ISBN: 978-3-937618-58-6
Umschlag- und Innenbilder: Anita Gewald
Gesamtkonzeption: © Design-Studio Simon Baum
© 2009 by Neues Buch Verlag, Nidderau
www.neuesbuch.de